歌　集

神の痛みの神学のオブリガート

古谷智子

第１歌集文庫

目次

パピルス伝書

蔵書館

はつなつのひかり明るき蔵書館幼きものと書を選びゐる

神秘の書、道化の書自転車の荷台の隅に揺りて帰らな

暗誦する少年のころゑ深々とその黒髪に指さし入れて

地に落ちてたちまち朽つる朴の花韻律は子の唇にのり

いつよりかわが少年は声あげず泣くすべなども知りて額伏す

彩づきし紫式部ほのかにも幼きものに知恵宿りゐむ

伊予みづき万作さんしゆゆ哀傷のしづくのごとしもひと花ごとに

くやしきことひとつありたりニュートリノ天文学に熱もつ君は

論に論をつぎゆく壮年の君の背の触れえぬあたり青葉かげりす

見下ろすより見上ぐる時にめまひせり高みにはつね到り難くて

仮説ひとつたてて追ひゆく日日の君の飲食《おんじき》細りてゆけり

灯のもとに論を書きつぐ夜を識れば意のままならぬ君にてもよし

菜を切れば菜の匂ふ手に書き写す科学用語を君に問ひつつ

とことはに他言せぬこと山椒の赤き新芽を擦りつつ思ふ

まなこふとそらされしことも記憶してひとは自ら哀傷を得む

問ふまじきを問ひしならずやかの日より哀傷濃ゆく隔たりてゐる

約するはこころ請ふこと夕映えに染まりて君を待ちゐしことも

書契とふ語意にふるればしみじみとひとは苦しき誓ひもなせり

くまもなく背後見られてゐる気配わがものとせしひとつ視線に

かの辻で必ず君が見返るをまさびしきまで疑はずゐる

君よりも吾はつたなく生きゆくと言ひたるのちの遠き春雷

永遠《とは》なるを問へば言葉と言ひくるるこのたまゆらの夕餉の酔ひに

言葉すでに古りし嘆きも書きありて紀元前二千年パピルス出土

娶らざる背

風喩とふ言葉ありたり柿若葉栗の若葉に風吹けば顕つ

暑き夜の青葉風たつ君が友蛮声なるがまた訪ひ来たる

持ち来しは地酒の濁り双眸の温温《ぬくぬく》として友なる男

肩に置く腕《かひな》は太く重たきにピチャンチャヤチャヤラ語教へてくるる

フリーランス駆けゐるかぎり怒りもつ四肢とまなこと思想と言へり

あるいは名を得ざらむや娶らざる背《そびら》ほのかなる陽の匂ひして

男二人激して語る夜の部屋の熱あれわれの正史とせむに

友なると断言せしをしほどきに青き花紫蘇油に放つ

レーニンはマヤコフスキーを斥《しりぞ》けしいささ笹むらさざめきやまず

言葉を追ひつむるすべ蔑すとは言はざりしかど夕べの論に
詩はつねに言の葉であるほかはなく庭萩かすかなる風に零るる
やぶからしの小花七彩つみとりぬ敗者たりともしたたかならむ
さまざまに綴りては消す表白の思ひに言葉がなびきゆくまで

蝦夷萱草

身の丈を越ゆるものなき河原の首夏のひかりにさらされてゐる

咲き逸る芙蓉の一花私が私を越ゆることなどはなく

通ひなれし道閉ざされて渡りえぬかなた空木の花零れゐる

知は科学を不知は歴史を導くとふモスコビッシをまた繙きぬ

光速の及ぶかぎりを宇宙とふ漠たる悲哀のみなもととして

四方上下を「宇」往古来今「宙」といふ前漢淮南子《ゑなんじ》問はれし者ら

けいとうの花燃えさかる正答は複数にして相反すべし

美しく零れやすきを支へつつ秋の草木は反照に満つ

食みつぶす午後の時間大木に池の波紋がゆらぎやまざる

空を飛ぶ形と思ふ幼子を水に放てば四肢をひろげて

泳ぎゆく君は視界を遠ざかりつひに見知らぬ男の背《そびら》

蝦夷萱草風にゆれゐる北限の海の孤島を天売島《てうりじま》とふ

絶海の孤島に群るる海雀言葉を病むはこころ病むゆゑ

天売島に善知鳥《うとう》群れとぶ沈黙に達するほどの言葉はありや

少年過程

葉がくれの房・春

切々たる時の流れに咲きいでし浜昼顔のうすべにを摘む

自転車に揺らし運べる昼顔の一束かそけき春の囚はれ

花と花やはくもみ合ひ揺れをらむ摘みしひとたば匂ふ自転車

魚釣らむと座りゐる身のくきやかに春の水面に映りてゐたり

未だ清き少年の手よ白白と流れに小さき魚を追ひゆく

釣り上げし鮒の鱗の燦たるに触るれば冷たき生き身なりけり

夕映の朱染む川面に釣り上げし魚ことごとく放て　少年

ゆるびつつ夢はありたり林間に生ふる黄菅《きすげ》の花のほあかり

咲かむとする一意ゆらぎて花となる武蔵野黄菅の淡黄のいろ

芋の葉の揺らぐ庭先少年の素振りが起こすやはき風音

青畳すがすがと渡る少年の素足は春の光をまとふ

〈怪魚討つ僕〉とふ版画絵幼子の怪魚は永久に絵のうちに住む

甘藍の玉刃に断てばびつしりと籠れる春のいのち音立つ

さくさくと若菜食みゐる子兎の歯音はみちて雨降りいだす

未《いま》だ名も付けざるままに逃ししと少年がふと子兎を言ふ

逃れむとする思ひに触るる子兎の爪跡鋭く地に残りゐて

少年のふと寂しげにまなこ伏す秘めし怒りを守るかたちに

今日もまた嘘言ひし子よ肩抱きて忘れかけたる子守歌《ララバイ》うたふ

いづこから吾は来たると問はれゐて春の無明の夢たぐりゐる

浴槽にひとり沈める少年の額に未生のしづけさは満つ

青澄みしまなこ瞠《みひら》く少年の憂ひはとはに葉がくれの房

原野が匂ふ・夏1

父の太き腕の記憶さはさはと樹枝のあはひにひと日ゆれゐつ

たはむれて幹に刻みし少年の名よりみづみづしき樹液湧き出づ

燕麦のさざめく緑駆けぬける少年の背に原始はめぐる

携へて行く友ありて弾みたつ幼き吾子の野辺ゆき仕度

戯れに幼き四肢と組みたるをかりそめならぬ子の身の力

雨の中帰り来し子のそぼぬれし背よりしきりに原野が匂ふ

湯けむりにかすむ裸身の肩細くあえかなるかな少年過程

惜別の思ひ伝ふる術知らぬ少年ありて一日黙せり

母なれば母なるおごり丹の花を胸に飾りてためらひもなき

寡黙なる子が打ち振れる鯉幟あふるるほどの凱歌を聞かむ

洗ひやる少年の足のびやかにいまだ踏まざる無明を思ふ

青栗の毬たたきゐる後背に触れえぬまでに少年となる

放たれて飛ぶ鳥のもつ惑ひほどの切なさなども育ちてをらむ

ヒロイン・夏2

原宿に群るる少女ら無秩序の無頼に生るるヒロインはあり

一斉にフレアスカート花のごと咲かすジルバが思ひを放つ

たけのこ族そのはかなさの熱気球切なるものは地上をすてて

ツイストもロックもすべて身を捩る吐き得ぬ思慕を苦しむごとく

ターンする少女の白きペチコート乱れて詮なき夏を揺らせり

音ふいに絶えししばしを糸切れし人形のごと膝つく少女

首夏烈火足下はげしくはねあがる少年が放つ地雷花火は

ポニーテールの細き首すぢ少女らの身に一閃の夏とし思ふ

ちりぢりに去りゆく人らしばし守る黙示のごとき信号の赤

ぬぎすてしロングブーツの獣皮よりひと日の放恣乾きてにほふ

フリスビー・夏3

すでに夏へと光かがよふ浜風に赤きフリスビー乗せむか子らと

私にもこの子達にもまだ見えぬ明日《あす》へと放つ緋のフリスビー

夢多くのせて放ちしフリスビー失墜の螺旋軌跡は未来

果敢《はか》なかる赤きフリスビー投げ合ひてひとつ家族は浜に睦める

泳がむと少年夕べ刈り上げし頭髪青く一夏を匂ふ

泳ぎつぐ父と子の胸蒼浪の一夏の藍に染まりて厚し

水中に息つめ没する鰺さしの眼底深く揺るる海あり

とつぷりと濡れゐるままでは翔けゆけぬ海鳥身ぶるひ水ふり払ふ

ゆらゆらと潜る子の身のゆらめきて現世未聞の記憶たゆたふ

海越えむ翼うづける日日を守《も》り蒼くかぎろふ少年の背は

アフロディテ生まるる際《きは》を描かれて暮色をともす藍の双眼

流紋の黒鮮かに巻きてゐる大瑠璃揚羽は海よりの使者

夜の水脈・秋

散らむとする樹樹の息の澄みわたるこの秋のためガラスを磨く

月光に添ひ立つ樹枝のくまぐまをめぐりて青き夜の水脈

伸びながら不意に熱もつ少年の身の危ふさを傍らに知る

灯に寄りて離りてさびしも夜の虫は自らならぬ微光を帯びぬ

遂げむとする思ひわらわら開きゆく月下の花の秘事を見て来し

この時を鎧ふべくして子も蝶も月下ひそかに変身をせむ

身にくゆらす落葉移り香一散に滅びしものを焚きてきたりぬ

己が鎖届くかぎりを駆けめぐり分限円弧を地に描く犬

ミニレールひたすら繫ぐ少年のいまし旅立つ背《そびら》と思ふ

抱けよともはや請はざる少年の篠笛ほそく吹き募るなり

青蕾・冬

籠りゐる冬の一日よ伝ひくる雪の予報を疑はずゐる

この朝《あした》ひらける視野のあかるくて部屋の奥まで雪あかりする

ただならぬ白さと思ふ降り積みて物の隈なき野辺の領域

青蕾の雪おく頭《かうべ》かなしみを薄く重ねし歳月が見ゆ

青蕾のつひに開かぬ予感ありていのちは不意に闇を抱ける

かりかりと薄き子の胸子の腕《かひな》抱きて沈む冬の夜ばなし

抱きがたき温もりにして逝きし子の見えざる頭《かうべ》に射す夕茜

冬の花もちたる枇杷のざわめけばThanatology《サナトロジー》の訳語に迷ふ

陽はふりそそぐ

守護神タニットに捧げし子らのいとけなき姿ありけり石碑の線画

人が最も大切にするものばかり欲る神ありて陽はふりそそぐ

カルタゴの首無き石像黎明に容赦なき覇者の手は光りしや

あはき日月

俯きて歩みをりしか紅の深き落花に先づ気づきたり

百日紅の花群あはき日月を雨後の大地に降りこぼしをり

人事もはや及ばぬ症状と聞き帰るこの痛切に順ひゆかむ

見知らざる面差しとなる離れ立つ車中にひとり子は揺られゐて

光失ふ不安はかくも暖かき涙となりて溢れいでたり

羞《やさ》しさはこころ弱さか病もつ子が柔順にわれを諾ふ

つくづくに子の生涯のかなしみを生みたる精神《こころ》打ちてゐたるも

あどけなく眠る面輪と思ひみる負ふ悲しみは比すべくもなく

想像の吾には及ばぬ薄明の視野の限りに遊べる吾子は

五月青葉

五月青葉おほひつくせるひとつ家に血縁濃ゆき者ら住み古る

もみぢ葉の葉脈透きて血縁の濃ゆき者らは争ひやすし

登山電車の窓を擦りゆく山木木の若葉はつよく匂ふと思ふ

窓外に菜の花匂ひデジタル時計の音なき計時わづかに狂ふ

たそがれの暮れやすき胸易易と電子ゲームに誑《たぶら》かされをり

夕べ学び帰りくる子の影の中ゆらゆらと赤き月昇りゆく

はさみ　きり　柳刃　刀そそりたつなべてを闇に紛れて捨てむ

巻きしめし荒縄いまだ解かれざる拓植一本の無聊のたわみ

新樹

木原

帰りこし子の冷たき手すがすがと冬の原野を掬ひてきたり

書物読む憂ひあえかに知りそめし少年の目とふとしも出合ふ

マンモスの頭蓋に暗き眼窩みゆ飢ゑ深き眼は滅びつくせり

離《か》り遊ぶ少年ひとり木洩日のはだら乱るる影追ひながら

遂げえざるもの青青し手折りたる蕾に固く寄り合ふ蕊も

添ひたてば青き樹の下逝きし子の思ひほろほろ落す椎の実

仁王立ちに枝ゆさぶりて少年のいかり木原にふりこぼしをり

謐けかる椎の葉照りに登りゆき大樹の息に紛るる子らよ

かくれ鬼の少年の声闇ふかき椎の葉むらにくぐもり聞こゆ

子盗ろ子盗ろと歌ふ声してさわだてる椎の木むらに風みちきたる

風に扮し身を捩る子ら吹き狂ふ姿といふをすでに知りゐむ

とことはに見《まみ》ゆるはなき子のひとみ薄暮の空に兆すと思ふも

組み合ひて遊べる子らよ冬原のそこのみ煌と明るみゐたり

透きなびくいのちなりけりせせらぎに白き目高の稚魚は群れゐつ

蓬髪の靡く形に凍てつきて木はくきやかなる悲しみに立つ

樹といへど打ちて昂るうちすゑし力たしかに身に返りきて

分け入れば広き樹の下かくれゐし子と吾とやさしき空間を守る

定めしか樹枝あやまたず鳥は来て静けき夜の身を寄せ合へり

乳歯をひろふ

告げ得たる後をかなしむ白白と林檎一樹のふりこぼす春

君の手に触るればたやすき連帯と思ひゐたりし春のあはさに

甘く長き韻を残して擦り寄れる猫の痩身抱きてやらな

いかならむ配分の手になる一対の雌木雄木や鉢の中なる

氷庫に闌けて花咲く緑蕾菜《ブロッコリー》の黄の色ふかき悔いのごとしも

びつしりと花となるものうちかかへ緑蕾菜の重く息づく

棲むといふ思ひ羞《やさ》しもこの丘の廃家に小さき菜園はあり

風みちて枇杷の新芽のさわだてば震へるごとくみどり子は泣く

語りゐる子よりふとも抜け落ちしはかなく白き乳歯をひろふ

ここにまたひとつ家族の寄り合ふとあはき光を門扉に点す

をとこにもをんなにもあらぬ声に子ら歌ふ聖夜点せる門を巡りて

地を押して霜もり上ぐる夜ごとの力ほどけて陽にかがよひぬ

電子ゲーム

電子ゲームの操作音のいらいらとはらめる危機をむさぼる子らよ

気の弱き子はよわき子らと交はりて小さな卓に笑ひさざめく

少年の手になる戦車飾られて砲身遥か撃たむものある

緋色のキリコ

うれしくて泣くなど未だ知らざらむ幼き瞳にみつめられをり

立たむとふ意志を支へて熱高き子がゆつくりと片膝をつく

熱き陽を紙にあつめて燃やしゐる少年　夏の飢ゑ深き手よ

ゆらゆらと揺らぐ光を捉へしか少年のレンズに陽は燃え上がる

ここよりは入るべからずと少年の部屋に掲げし緋色のキリコ

銃眼の視界よぎりし紋黄蝶ひかり微塵に撃ちぬかれたり

レモン噛めば口中一閃の夏なりき　疾く言葉を越えむ

＊

ガットにて受けたる球の強さほど激しき夏を君に返す

スタート・ブロック

スタート・ブロック一気に蹴らむその四肢の力たわめて膝つく走者

頭を深く垂れ待つスタート錘鉛のただ一振りの時をはかりて

スパートパートナーとなりくれし子の渾身のかりそめならぬ速力を追ふ

蹴り走る時空たちまち過去となる走路草木かがやきながら

マラソンの少年ら諸共に弾みたつひとむれの声となりて過ぎゆく

数知れぬ小旗を振りて沿道にまなこ羞《やさ》しき人ら群れゐる

先頭集団追ひ移りゆく明るさのこつぱみぢんに弾ける群よ

身の芯を伝ひのぼれる熱の量噴く汗ほどの思想はもたぬ

耳打つはさざめく風か追ひきたる対抗走者の喘ぎか知らぬ

喘ぎつつ追へどなほある僅少差君もやさしき走者にあらず

かすかにも気落ちせる身をたちまちにひき離されし走者ぞ吾は

かみしめて傷つけたらむ口唇の血臭にひとり昂りてゆく

膝関節の痛みつのる夜ワルキューレ騎行序曲を聞きてゐるなり

土人形

ガラス細工の海亀、兎、熊、羊、子のひき出しに触れて鳴りいづ
ガラス細工の海亀が曳くうすき影身は隈もなく透きてゐながら
ガラス工の手元かすかに狂ひしか海亀の目は流れて凝る
電子時報ふいに鳴り出づ菜の花の花序やはらかく立ちのぼる昼

秘めおかねばならぬものさへ透くばかり薄きレースを窓ごとにひく

さざめきて集へる者ら掌の中に土人形の頭ねりつつ

思ひに添はぬと崩しし土人形のまなこつぶらに瞠きをりし

人形《ひとがた》を得たれば土の一塊と言ふべくもなく位置占めて立つ

土人形の白き膚を塗りこむる銅色鈍くひからせながら

父の窓辺

いとけなく泣きて帰りし裏の辻今病む父を尋ねゆく道

春の花舎あふるるばかり明るきを行き過ぎむとしてふいに寂しき

まさびしき記憶とならむ病む父にと買ひ来し春の花の香りは

茂る木の濃ゆき影さす門が見ゆ老いし父母の憂ひと思ふ

諾ひがたきをうべなひてをり職退きし父の手元の狂ふことなど

再びは書くことなからむ父の筆跡《て》の一字一字を指になぞりぬ

幼かる孫にと描きし十二支の干支のまなこの笑みゐるごとし

持ちゆきし大阪寿司をほろほろとこぼしつつ食む幼くなりて

消えのこる雪の汚れを見つつ過ぐ生きてやさしき老いと思はむ

歳月のごと

住みなれし地を離れゆく人も樹もひとつ車に揺られゆられて
帰路遅き電車の中に朱の実の樹木抱きて揺られてゐたり
もらひ来し朱実のひともと大植物百科図鑑のどこにもあらぬ
晩夏光一珠一珠に及びゐてこの地に経たる歳月のごと

詰めし枝に花つくほどのやさしさに季移ろひて根づきそめたり

見えざる手にやさしまれゐむふくぶくと今年子雀群れ遊ぶなり

びつしりと実りし杏落ちつくすまでの静けき倦怠のなか

鬼祭

海の鬼と山の鬼とが呼び合ふをとどめむとして裸祭は

柿崎の海の男ぞ蛮声に鬼やらひ棒打ち鳴らしゐつ

潜水をなりはひとする男らの激しき息が冷気に凝る

鬼やらふ棒取り合ひてなだれうつ原初まつりこそ荒荒しけれ

大太鼓打つ枹《ばち》の間を少年の双の背筋緊まりてゆけり

五蔵六腑緊まればすなはち魂の透きゆくばかりの器なりけむ

地母神を祀る門門《かどかど》奪ひこし鬼やらひ棒飾りあるなり

鬼祭　裸祭　雄祭を見むとて異称娘祭は

鬼となりし若者三人《みたり》が奪ひ合ふ神器もまれてたまゆら見えぬ

睦月六日　旱天　ほら貝　男宿《をとこやど》はげしきものの凪ぎわたるなり

男宿の朝明け初めぬここのみのこの年のみの戒律を解き

潮風の冷たさのなか茫々と凧あげゐるはなべて男

そのかみの水の記憶に連なりて春の潮《うしほ》は明るみゐたり

右京異聞

月をこそながめなれしか星の夜のふかきあはれを今宵知りぬる
建礼門院右京大夫

掃き寄する楓もみぢ葉くれなゐの一葉一葉が保つ濃淡

木々の間を風吹きぬける散りえざるとどまりえざるものらを分別《わ》けて

ささげ持つ銅鏡鈍く照り返す現在《いま》のひかりをいにしへの世に

梳く髪の長きを思ふ銅鏡にまぼろしのごと面差し浮けば

落人となりし人待つ夜ごとの悲哀いつしら叛意とならむ

解く間なき甲冑　辛くも時を得て愛しきものは夜を駆けきたる

添ひ歩む吾に伝ひて不意にいまこの花影に君が揺らげり

共共に朽ちむ嘆きの深みよりここ退き得ざる志継げとふ

さらでだにたのむこころのからごろも馴れにしひとを怨みやはする
小松三位中将資盛

一門とふひとすぢの見えぬ絆断つすべなきほどに覇者たりし君

覇者たらむ姿こころを捨て去りしひとりを惜しむといふべくもなく

穂芒の揺れやすくして風評のかなた落ちゆく背《そびら》が見ゆる

逝かしめし春ひたかなし細枝のそのきはみまで杏花咲く

*

誤りて落しし卵流れつつ路上に春の陽をあつめをり

海のぞむ丘のほのけき夕光を留《とど》めし花の白きを手折る

手折りたる花の薄霧ひらきゆく霊吐くごときたまゆらを見き

その名前たづねあぐねし夕風に長き綿毛の花揺れやまぬ

白白と夜は明けきたりて萎えむとするこの一輪に曙光は及ぶ

*

寝もやらず海辺の宿に聞く潮ぞいにしへ人は寄りては返す

白樹白葉

幼さの一様にして植林の杉は小さく雪かづきゐる

守られてある配分に幼木の一樹一樹が占むる空間

つもりゆく時の量《かさ》みゆ降りいでて白樹白葉となりゆくまでを

杉林ぬひゆく雪道深閑と声なきものらに組み伏せらるる

研がれたる眼光ならむ鷹匠と鷹ひと冬を山に籠りて

小さき足跡乱るる雪原のここ越えざりしいのちと思ふ

窓外に雪あかりして鷹匠の手元に裂かれてゆく山兎

卓上にこぼれて流るる一筋の水の自在に触れゐるこころ

目覚めしを朝ふかぶかと雪積めりここより万象生れよとふごと

＊

〈ゆ〉は白とふ〈き〉は消ゆといふ太古より暗喩やさしく降りつむ雪は

面　輪

山木木の若葉はいまだ疎らにて林道長き七曲り見ゆ

山路きてゆく手阻める木木の群　裂けしままなる大杉も立つ

白布のかすかなる起伏死して伏す祖父の面輪にそひてゐながら

白布白布その枕辺のひとふりの白刃　永久に戻り来たらず

霞　霧　書き並べゆく雨冠怒りしづけき鬱となるまで

ひとしきり泣きて以後は泣かざらむ吾より拠所なき母がゐる

かたくなに祖父守り来し植林の千余の杉の底光りゐる

光をも巻きつつ藤の伸び盛るのびゆくものは一途なりけり

夜咄終る

暴君ネロその妃浴せしロバ乳の湯よりも濃ゆき谷の朝霧

二人子は笑ひさざめく身に余る浴衣の裾を踏み歩みつつ

自らの幼き頃をいとほしむまなこ羞《やさ》しく写真繰る子ら

鬼の側に立てば悲しき結末をつけて子らへの夜咄終る

青葉うつ風のうねりと葉のうねり時の拾遺を〈物語〉とふ

ライプニッツげに雑学の大家とふこの水無月の序章閉ぢえず

モラトリアム　浮遊の詩人　ピーターパンあやめぬ程の水無月あやめ

ゆきのしたの小花ゆれゐる抒情さへ史的共同幻想作用

水無月の雨降る夕べ一本の螢光灯をかかへて帰る

スプリット・タイム

きらめける腕《かひな》に水をゑぐりゆくしばしも脈のごとし思想は

読まれゆくスプリット・タイムつね君に遅れゐたりしは記憶ならずも

しなやかに魚となりゆく変様のこころに沁みて蒼き水色

泳ぎゆく水面のうねり神々と肺魚は夏を眠りこけゐむ

ものは皆見えわたりかつ隔たりてつねにひとりと思ふ水中

三島由紀夫は「競泳は、一行の白い激しい抒情だ」と言った。

いま少し早く泳がむ術ひとつ幼きものらに教へてゐたり

白百合の一花一花の咲く遅速人は自ら競ふと思ふ

天球儀

おのれともひととも未だ分ち得ぬ嬰児の視線太太とせり

吾とわが血を頒ち育つ者ありて負ふ寂しさのいくばくは似む

金柑を煮つめ煮つめて奪ひゆく素朴の量を計りてゐたり

脱皮せし際の力をとどめつつまなこ瞠《みひら》く冬の空蟬

魳《かます》二尾包める紙に拾ひ読む「善く生きむため〈もつと堕ちよ〉」

獰猛と聞きゐし鯱の小さかる臍《ほぞ》みしのちを親しかりけり

波勝崎その雌猿の石遊び時経てつひに〈文化〉となりぬ

天球儀磨けばひと筋くつきりと浮かびて冬陽の中の黄道

神の痛みの神学のオブリガート

夜叉五倍子

夜叉五倍子《やしやぶし》の群れ垂る雄花尾状花序春の谷間にゆれやまぬなり

年ごとに積みゆく憂ひ深めゐつ去年より濃ゆき花の木の下

乱れなき君の筆跡学位論文の巻頭言より浄書《せいしよ》しゆく

円錐曲線試論少年パスカルの孤心するどく研がれしならむ

酔ひたしとふ君に買ひこし一壜の琥珀の液が重くたゆたふ

積み置きし蔵書の隅に崩れつつ礼拝日録夕映えてゐる

街角に貼られし日曜礼拝のキリスト画像疲れてゐたり

中空をとびくる他界の光の矢受けしばかりに常人ならぬ

他界より訪ひくる誰ぞ闇に立ち従きゆかねばと君惑ふなり

うつつに戻りきたりしまなざしのかくも寂しき幼さなりぬ

憐憫の視線にふかく傷つきて君が病の薬袋を受く

散薬にうつらうつらと眠りゆくサムエル画像の掲げある部屋

自らを失ひてゆく過程など聞かむと市街地図を開きぬ

歩度速く追ひえぬ君と思ひゐし記憶はるかに肩を貸しゐる

視野のあること

白粥を炊きつつ寂し自らに失ひてゆく視野のあること

出奔のすでに叶はぬうす白き腕さらして春の草抜く

青き蕾のまた湧きのぼる花となるその際ごとに菜は摘みとられ

葉がくれにキーウィ重く垂れゐたるその暗緑の総《ふさ》なす恚《いか》り

現状を把握せむと綴りゐる自己病歴の青き日ごよみ

口中に大き氷片ゆらしつつ物を言ふなど子と戯れて

繊き声に子が問ひつのるいくばくの悲しみもまた継がれてゆかむ

子らふたり帰りしのちの病室にカンディンスキー君は見てをり

溶け落つるオンザロックの氷塊の音しみじみと孤りなりける

チェ・ゲバラ町医者にして革命すつひに癒せぬ自らのため

常人にあらぬ夜ごとの夢枕詩篇伝承読み聞かせつつ

サバンナのその敗走の美しくトムソン・ガゼルの負ふ白微光

水の底ひ

格闘技に遊びゐる子らいぢめられやすきひとりに組む者もなし
いとけなき七人の子を座らせて泳ぐ術など教へてゐたる
いとけなきやはらかき身を抱き上げて水の底ひを見せてやりたり
ゆらゆらと頭髪ゆらぐ水底に沈みて夫も子もあらざりき

教へゐる吾をはるかに目守りゐしギャラリー室にもう君はゐぬ

地球儀を運ぶ少年　紺碧の海を頭上に捧げつつゆく

押しつつむ白日光よ水際まで走りてそれより先にはゆけぬ

双眸のひかり羞《やさ》しもロビンソンの従者フライディもと食人種

狂ひてゆけり

小菊、萩、青紫蘇、花韮、小花もつ野草はさとく風にゆれゐる
より深き悩みをひろふ絵馬堂の暗きに絵馬をうち返しつつ
絵屏風の糸のほつれにけらけらと寒山拾得笑ひてゐたり
江戸絵図の復刻ここにほの蒼き水を湛へて海ありしこと

志士の墓たづねきたりし竹林に夏衰へし光はおつる

竹林に入りしつかの間その息の冷えびえとして志士甦る

あるいは遠き世の志士　成さざればならぬならぬと狂ひてゆけり

くれなゐはみな

離れ住む君ある方の夕あかね見しよりさびしくれなゐはみな

君とゆく信濃の旅にと誂へし夏服はもう仕舞ひてしまふ

君に添ひてここ発ちがたし木犀の散りて華やぐ野辺の木の下

天地《あめつち》に沁む言葉なれ降りいでてこの病棟の窓を打つ雨

死は生の集積にして喜ぶと書き遺しゐる場面に泣きぬ

きつちりと白き家並の庭柵を越えて乱れて咲く野紺菊

富有柿起爆のごとき年ごとの実りを腕に支へがたしも

天心に至りしかりがね澄みわたる秋の真青に吸はれてゆけり

百合裂けて種子はらはらとふりこぼす罪科《つみとが》はげに地の上のこと

跋

古谷智子が最初に一つの主題のもとにまとまった歌を発表したのは「新樹」で、これは「第二十八回角川短歌賞」の候補作となった。「新樹」には、樹木をはじめとして生活周辺の事物が叙されており、そこには二人の子供が登場している。一人は育ち盛りの少年、そしてもう一人は幼く逝った子である。応募の折り、古谷はペンネームを使った。生田朝子。これは、三島由紀夫の小説「真夏の死」の主人公の名前である。

朝子は夏の汀で子供の死に会った。母親にとっては最大の悲劇ではあったが、そんな事件さえ事務的に処理され、時が過ぎるとありふれた日常が戻ってくるものである。はた目には朝子も平静と見えた。が、その穏やかな表面の下で、彼女の心理は危機に直面していた。

泳がむと少年夕べ刈り上げし頭髪青く一夏を匂ふ
添ひたてば青き樹の下逝きし子の思ひほろほろ落す椎の実

かくれ鬼の少年の声闇ふかき椎の葉むらにくぐもり聞こゆ
樹といへど打ちて昴るうちすゑし力たしかに身に返りきて
とことはに見《まみ》ゆるはなき子のひとみ薄暮の空に兆すと思ふも

当時私は古谷智子の私生活をまるで知らなかった。だから私はこれらを三島の小説の主人公生田朝子が作った歌として読んだ。異和感はなかった。そして、たとえ古谷の現実の生活から素材がとられていようと、生田朝子というペンネームを選んだ理由を重ねてみると、彼女が現実と創作空間との間に自在に往来できる人であるということを信じないわけにはいかなかった。言葉をかえて言えば、それは表現者としての才能を見た、ということである。

次の年、彼女は「スタート・ブロック」。さらに次の年、「神の痛みの神学のオブリガート」という作品を「角川短歌賞」に応募し、それぞれ候補作となった。そして今年、「パピルス伝書」がまた候補作だった。四年連続して賞の対象に推されたことは古谷智子の力の証明である。なかでも二十八回と三十回は最終候補作品として討議された。ちなみに「新樹」は上田三四二、角川春樹両選者、「スタート・ブロック」は塚本邦雄、「神の痛みの神学のオブリガート」は斎藤史、「パピルス伝書」は岡井隆という選者らの推薦を得ている。

ふりかえると、年々の彼女の渾身の歌がなつかしく思い出される。生田朝子の筆名に見られるように、毎年彼女の作品には何らかの工夫があり仕掛けがある。そしてそれらの技術の面を表だたせないだけの作者の熱意と作品の大きさとがある。彼女にとって、もはや候補作という評価では満足できないのではないか、と私は思うのだが、彼女には次のような文章がある。

――自分なりに一つのゴールを思い、それに到達することを目標に歌ってきたように思います。しかし一つのゴールに辿り着いたと思うと、それは決して終のゴールではなく又新しい目標のスタートであることに気がつきました。紆余曲折の後スタートに戻るメビウスの輪のように、スタートからゴールへ、ゴールからスタートへ走りつづけて終りの無い世界に踏み入ったように思います。

これは、古谷智子が「中部短歌会」の年度賞である「短歌賞」（五八年度）を受賞した時に書いた一節。彼女にとって、ゴールとスタートはほとんど同義語である。表現者の姿としては当然のこととはいえ、一途な心のさまを写す言葉は印象ふかい。賞を得ようと得まいと、より秀れた作品をつくろうとする彼女の渇きは癒えるはずのものではないのだ。

スタート・ブロック一気に蹴らむその四肢の力たわめて膝つく走者
スパートパートナーとなりくれし子の渾身のかりそめならぬ速力を追ふ
喘ぎつつ追へどなほある僅少差君もやさしき走者にあらず
かすかにも気落ちせる身をたちまちにひき離されし走者ぞ吾は
膝関節の痛みつのる夜ワルキューレ騎行序曲を聞きてゐるなり

「スタート・ブロック」から抄出した。スタート・ブロックとは、実に古谷の精神の拠るところである。新しい言葉に挑み、新しい音律を手に入れ、新しい歌境を制覇しようとする常にまっさらな位置の謂である。

古谷智子は出立のときから少年を多く素材にして詠ってきた。昭和十九年の会アンソロジー『モンキートレインに乗って』に参加した折の作品「青栗」も少年が主役だった。「少年過程」と題する作品もあった。それらの歌が、母として子供の成長を見守っている彼女の実生活とふかく関わりのあることはまちがいない。しかし、少年は対象としての存在ばかりでなく、時には彼女自身であるとも思われる。少なくとも古谷にはしなやかな少年性があり清潔な叙情を生む源となっている。さらに言えば、この少年性は単に清潔さの表白にとどまってはおらず、より大きなもの、より遠いものを歌おうとする志となって現れている。少年が無分別な知識欲によって、神とは何だ、永遠とは何だと問いかけるように、古谷もまた命を、永遠を、宇宙を、時間を問いかける。

はつなつのひかり明るき蔵書館幼きものと書を選びゐる
いつよりかわが少年は声あげず泣くすべなども知りて額伏す
伸びながら不意に熱もつ少年の身の危ふさを傍らに知る
青澄みしまなこ瞠《みひら》く少年の憂ひはとはに葉がくれの房
首夏烈火足下はげしくはねあがる少年が放つ地雷花火は

これらは少年の世界を書いて秀れた歌と思うのだが、彼女はこの境地にとどまらず、次のような歌を叙すのだ。

光速の及ぶかぎりを宇宙とふ漠たる悲哀のみなもととして
つもりゆく時の量《かさ》みゆ降りいでて白樹白葉となりゆくまでを

四方上下を「宇」往古来今「宙」といふ前漢淮南子《ゑなんじ》問はれし者ら
チェ・ゲバラ町医者にして革命すつひに癒せぬ自らのため
百合裂けて種子はらはらとふりこぼす罪科《つみとが》はげに地の上のこと

古谷の作品で少年が主役とすれば、もう一人大事な脇役として男性がいる。この男性は自然科学の研究者であり、文芸に関わる彼女に対立し、かつ彼女の敬慕を受けてやまない者として登場する。

論に論をつぎゆく壮年の君の背の触れえぬあたり青葉かげりす
灯のもとに論を書きつぐ夜を識れば意のままならぬ君にてもよし
菜を切れば菜の匂ふ手に書き写す科学用語を君に問ひつつ
言葉を追ひつむるすべ蔑すとは言はざりしかど夕べの論に
永遠《とは》なるを問へば言葉と言ひくるこのたまゆらの夕餉の酔ひに

たまゆらの夕餉の問いに言葉こそ永遠、と言ってくれる人の本心はどの辺にあるのだろう。彼女はその言葉を優しく受けとめ歓びながらも、醒めた意識でこうも書く。

言葉すでに古りし嘆きも書きありて紀元前二千年パピルス出土

自分にとって遙かなものであり、手を差しのべてもなかなかに得難いものである言葉、それが、ある時代、ある人にとっては既に古びたものであったという認識はいかにも苦い。進歩著しい自然科学の前で、言葉など本当は蔑されてしかるべきものかもしれない。しかし、こうした歌に宿っているのは、古谷の言葉への失望というよりも、その空しさを正しく認識することへの欲望である。空しければ空しいままに言葉は彼女の渇仰の対象である。空しさを承知で追い求める言葉とは、あるいは「神」と置きかえてもよいのかもしれない。

『神の痛みの神学のオブリガート』一冊について私はどれほどを語り得ただろう。私はペンを置こうとして、最後にもう一つ私の好きな小品「鬼祭」に触れておきたいと思う。物を正視し、余剰なものを削ぎおとしたあとになお露頭している部分を言葉にした一連である。

海の鬼と山の鬼とが呼び合ふをとどめむとして裸祭は
柿崎の海の男ぞ蛮声に鬼やらひ棒打ち鳴らしゐつ
五蔵六腑緊まればすなはち魂の透きゆくばかりの器なりけむ
鬼祭　裸祭　雄祭を見むとて異称娘祭は
そのかみの水の記憶に連なりて春の潮《うしほ》は明るみゐたり

古谷智子の歌集『神の痛みの神学のオブリガート』を短歌叢書第一〇八編に推薦する。大方の温かく、厳しい批評が得られることを希望する。

昭和六〇年初夏

春日井　建

あとがき

昭和五十一年「短歌」に入会してから早や十年になろうとしております。その間に作り溜めた中から三四七首を纏めて一冊といたしました。皆様の励ましが大きな力づけとなりましてここに第一歌集を編むことができて本当にうれしく思っております。

「歩道」同人の父、好きな時に好きなように歌を詠む素朴な歌詠みである母の影響で、幼い頃から短歌は私にとっては親しい文学でした。しかし、物心ついてから結婚するまでの間、私自身は中学校の宿題以外についに一度も歌を作ることはありませんでした。

水泳に、映画に、演劇に、散文に夢中で、この短い切迫した詩型に自己を託する心の余裕が無かったように思います。当時熱中したものを振り返ってみますと誠に茫漠として摑み切れず、今はそのどれも形として残っているものはありません。結婚して夫と子という身心の鎮石《しずし》を得ながら、猶ふわふわと実態の無い自己を何かに定着させたいと思うようになりました。

幼い頃から知らず知らずのうちに身にしみこんでいた歌の韻律がそれらの思いを受け取り、力づけてくれたように思います。

短い一行詩の空間が思いの外、たっぷりと奥深いことを身をもって知り、すっかりこの短詩型に魅せられてしまいました。

吉野弘の詩「夕焼け」に、

やさしい心の持ち主は
いつでもどこでも
われにもあらず受難者となる

という一節があります。やさしいが故に権力とは相容れない人達、人の波間を泳ぎ切れない少年達、神との相剋に悩む人々、そのような人間的な姿が、歌を詠みはじめて以来、私を魅きつけてやみませんでした。完成されたものよりも未完成なもの、安定したものより不安定なもの、安逸より真摯、花より蕾が私は好きでした。

そのような訳で、歌の対象は自ずから未熟な少年達であり、権力とは程遠い男女となりました。また、本書に度度出てまいります「神」は、必ずしも宗教的なものではなく、「人知の及ばぬもの」と言う程の意味のつもりです。

書名は、敬虔なクリスチャンである父の書棚にありました北森嘉蔵博士の『神の痛みの神学』に因んでおります。私自身は、ミッションスクールに通いながらついに信者になりきれず、父を嘆かせておりました。また、「オブリガート」とは、有っても無くてもよい程の助奏曲と思っております。

折に触れて懇切な御指導を頂き、励まして下さり、今回はお忙しい中を快く跋文を書いて下さいました、敬愛してやまない春日井建先生、本当にありがとうございました。

夫の転勤に伴い東京に移り住み稲葉京子先生に出合いました。文学のみならず生活一般、子供の教育のことなど様様に教えられるところが多く、託言の聞き役にもなって下さる先生には感謝の言葉もありません。今回はあたたかい帯文をいただきましてありがとうございました。

また、初めに飛び跳ねるような歌の数々を手懐けて下さった故佐野好成先生、常に暖かく丁寧な歌評を頂き、そしてちょっぴり毒の盛り方も教えて下さった浅野良一先生、両先生がいらっしゃらなければ今日まで歌を続けてこられたかどうかわかりません。

常に身近にあって助言して下さった大熊桂子さん、東京歌会、津歌会の皆様、そして、私にとりましては又と無い幸福な出合いとなりました昭和十九年会の皆様のお力添えに心から感謝いたします。

刊行に当りましては、ながらみ書房主及川隆彦氏、装幀の堀慎吉氏に大変お世話になりました。伏して御礼申し上げます。

一九八五年三月二十五日

古谷智子

解説

栗木京子

歌集『神の痛みの神学のオブリガート』は昭和六十年に、ながらみ書房から刊行された。昭和五十年に「短歌」に入会してから約十年間の作品三百余首が収められている。作者の三十代の作歌活動の結晶といえる一冊である。

まず印象に残るのは、独創的かつ格調高い歌集名である。敬虔なクリスチャンである父の書棚にあった北森嘉蔵博士の『神の痛みの神学』に因んでいるという。私のようなキリスト教に疎い者は歌集名を見ただけでひるんでしまうのだが、しかし本歌集の作品はけっして読者にブッキッシュな予備知識を強いるものではない。知的好奇心に裏打ちされ、練り上げられた修辞によって表されているのだが、発想はつねに日常に軸足を置いており、驚くほど親しみやすいのである。

永遠《とは》なるを問へば言葉と言ひくるるこのたまゆらの夕餉の酔ひに
言葉すでに古りし嘆きも書きありて紀元前二千年パピルス出土
〈ゆ〉は白とふ〈き〉は消ゆといふ太古より暗喩やさしく降りつむ雪は

たとえば、言葉をめぐるこの三首。永遠、紀元前二千年、太古といった雄大で抽象的な時空が描かれているのだが、読後にはとても濃やかな実感が残る。一首目では永遠について問答しているのが「たまゆらの夕餉の酔ひ」のひとときであることがほのぼのとしている。また、二首目では紀元前のエジプトの人々も「言葉はもう古びてしまったなあ」と嘆いているところが現代の表現者の思いと重なり合って親近感を生んでいる。さらに三首目では「ゆ」と「き」の音に込められた息づかいのやさしさが雪の清らかさを呼びおこし、太古の時間をすぐ傍に連れてきてくれる。いずれの歌も知性と感性の絶妙なバランスが魅力的である。

日常に立脚しながら普遍性を求めてゆく作風は、子を詠んだ歌からも感じ取ることができる。

空を飛ぶ形と思ふ幼子を水に放てば四肢をひろげて
伸びながら不意に熱もつ少年の身の危ふさを傍らに知る
熱き陽を紙にあつめて燃やしゐる少年　夏の飢ゑ深き手よ
地球儀を運ぶ少年　紺碧の海を頭上に捧げつつゆく

一首目は幼いわが子に泳ぎを教えている場面であろう。水に放たれたとき、人間は身を縮めるのでなく本能的に四肢をひろげる。そこには水から命が誕生した原初の記憶が刷り込まれているのかもしれない。水中の子の姿に「空を飛ぶ形」を感受したことで深い説得力が出た。二首目から四首目の「少年」も作者の息子のことであろう。思春期の少年は小気味よいほどにぐんぐん成長するが、時に関節の痛みを訴えたり原因不明の熱を出したりする。そんな危うさに対して、作者は過剰に言及したりはしない。「傍らに知る」と抑制を効かせて見守っているところに共感を覚えた。「少年」は三首目では太陽と虫めがねと紙から火をつくることを知り、四首目では地球の、そして宇宙の広さを知る。どちらの歌も「夏の飢ゑ深き手」や「頭上に捧げつつ」といった少年の身体が描写されていることに注目した。小さな命が、時には周りをハラハラさせながらも、いかにのびやかに育ってゆくものなのか。わが子の成長記という狭い範疇を超え、命の普遍性をこれらの歌は示しているように思う。歌集の跋で春日井建氏は「古谷智子は出立のときから少年を多く素材にして詠ってきた」として、やはり作者の詠む「少年」の歌に目をとめている。そこで春日井氏が「少年は対象としての存在ばかりでなく、時には彼女自身であるとも思われる。少くとも古谷にはしなやかな少年性があり清潔な叙情を生む源となっている。さらに言えば、この少年性は単に清潔さの表白にとどまってはおらず、より大きなもの、より遠いものを歌おうとする志となって現れている」と評しているのは、まさに至言であろう。わが子とともに作者自身も成長し、揺れ動き、遠いものへと腕を伸ばしている。その能動性が歌の空間を豊かにしていることを、あらためて思うのである。

それからもう一点、特徴的に感じたのは、スポーツ（観戦ではなく、自身が行なうスポーツ）を詠んだ歌が歌集に何首か収められていることである。

蹴り走る時空たちまち過去となる走路草木かがやきながら

耳打つはさざめく風か追ひきたる対抗走者の喘ぎか知らぬ

膝関節の痛みつのる夜ワルキューレ騎行序曲を聞きてゐるなり

きらめける腕《かひな》に水をゑぐりゆくしばしも脈のごとし思想は

ものは皆見えわたりかつ隔たりてつねにひとりと思ふ水中

前の三首は陸上競技、後の二首は水泳を詠んでいる。作者はとりわけ水泳が得意であるらしく、「水の底ひ」の章には子どもたちに水泳指導をしている歌もある。スポーツの歌はいずれも光と影の動きをみずみずしく捉えながら、一首の核心にきりりと醒めた思索性がうかがえて、素敵である。作者が師事した春日井建氏は少年時代から最晩年に至るまで水泳に親しんだ歌人であった。春日井氏と同年生まれの佐佐木幸綱氏にもラグビーやボクシングなどスポーツの歌が多い。だが、女性歌人がスポーツ体験を詠んだ歌は意外に少ない。その意味でも、掲出したスポーツの歌は歌人古谷智子の原点であり、大きな個性と言ってよいであろう。

第一歌集刊行から二十八年。作者が今なお知的探求心のかがやきとスポーツ万能少女そのままの柔軟性を保ち続けていることに羨望を禁じ得ないのである。

古谷智子略年譜

昭和十九年（一九四四）

十二月十八日、父小林毅、母茂子の長女として兵庫県芦屋市山角《やまかど》二丁目に生まれる。父は、広島文理科大学教育学科に在学中、卒業後文部省に入省。のち渓泉と号して、佐藤佐太郎に師事し、「歩道」同人となる。母は、岡山県和気郡の医家の長女、三歳で父方の叔母の養女となった。

昭和二十年（一九四五）　1歳

八月六日、広島文理科大学在学中の父が被爆するが、幸い無傷で、救護活動に携わる。母と共に岡山に疎開中で被爆を免れる。

昭和二十四年（一九四九）　5歳

父の勤務で武蔵野市吉祥寺に移る。五月六日、弟達紀誕生、利発で期待されたが十七歳で死去。

昭和二十五年（一九五〇）　6歳

東京都中野区上高田に転居。十二月三日、次弟卓史誕生。

昭和二十六年（一九五一）　7歳

四月、東京都中野区立昭和小学校入学。肋膜炎のために三学年まで断続的な通学。この頃、父に連れられて佐藤佐太郎邸にゆく。個人指導日ということで、厳粛な雰囲気が漂っていた。

昭和二十九年（一九五四）　10歳

父の出向により、岐阜県岐阜市長良町に移る。九月、岐阜市立鷺山小学校四年に転入。自然に恵まれて健康を回復する。長良川で盛んに泳ぐ。

昭和三十二年（一九五七）　13歳

四月、岐阜市立長良中学校に入学。

昭和三十四年（一九五九）　15歳

七月、父の転勤により、千葉県柏市に移る。九月、柏市立第二中学校二年に転入。

昭和三十五年（一九六〇）　16歳

四月、千葉県立東葛飾高等学校に入学。三年

間、演劇部に在籍する。もと旧制中学校で、先輩に清水房雄がいる。

昭和三十八年（一九六三）　19歳
四月、青山学院大学文学部入学。

昭和四十二年（一九六七）　23歳
四月、千葉県野田市立北部中学英語教諭。

昭和四十四年（一九六九）　25歳
千葉県柏市立富勢中学に転勤。

昭和四十五年（一九七〇）　26歳
三月、退職。五月、古谷正と結婚。埼玉県大宮市日進町に移る。

昭和四十六年（一九七一）　27歳
三月三十日、長男仁誕生。

昭和四十七年（一九七二）　28歳
六月二十九日、次男亮誕生。

昭和四十八年（一九七三）　29歳
夫の出向により、三重県津市大古曾に移る。

昭和四十九年（一九七四）　30歳
四月、地元の公民館にて「短歌」講座受講。九月、欧州五か国を巡る。十一月、三重社会経済研究センター（東畑精一設立）開設記念論文「あすの三重」が次席となる。

昭和五十年（一九七五）　31歳
十二月、春日井瀇編集発行の「中部短歌会」に入会。佐野好成、浅野良一に師事する。新聞歌壇、短歌雑誌等に投稿をはじめる。この頃、日本水泳連盟の第二種指導員となり55年頃まで、幼児の水泳指導にあたる。

昭和五十四年（一九七九）　35歳
四月三十日、春日井瀇逝去。春日井建が歌に復帰して「中部短歌会」編集発行人となる。初めて春日井建歌集『未青年』を読む。十月「中部短歌会新人賞」受賞。同会同人となる。

昭和五十五年（一九八〇）　36歳
夫の転勤により、東京都小金井市に移る。春日井建の紹介で稲葉京子に会う。中部短歌会東京勉強会発足に参加する。

昭和五十七年（一九八二）　38歳
六月、「新樹」五十首が上田三四二、角川春樹推薦で第二十八回「角川短歌賞」最終候補

となる。五十首掲載。これを契機にして、及川隆彦の紹介で「昭和十九年の会」に参加。三枝昻之、大島史洋、小高賢たちと出会う。九月、「角川短歌」に九首発表。

昭和五十八年（一九八三）　39歳

六月、「昭和十九年の会」の合同歌集『モンキートレインに乗って』に参加。

昭和五十九年（一九八四）　40歳

六月、「神の痛みの神学のオブリガート」五十首が、齋藤史の推薦で第三十回「角川短歌賞」最終候補となる。五十首掲載。作歌に弾みがつく。十月、「中部短歌会短歌賞」受賞。

昭和六十年（一九八五）　41歳

七月、第一歌集『神の痛みの神学のオブリガート』（ながらみ書房）刊。

昭和六十二年（一九八七）　43歳

十月、「昭和十九年の会」の合同歌集『猨歌』に参加。

昭和六十四年・平成元年（一九八九）　45歳

九月、「角川短歌年鑑」に「今年の評論五篇」執筆。十月、『現代女流歌人集成』（六法出版社）に参加。高瀬一誌の紹介で「十月会」に入会。

平成二年（一九九〇）　46歳

六月、中央大学クレセントホールで「新古今集」の集中講義を受ける。七月、第二歌集『ロビンソンの羊』（ながらみ書房）刊。九月、「角川短歌年鑑」に「今年の歌集・後期」執筆。十月、『馬場あき子の短歌世界』に執筆。「十月会」で「新古今集・冬の歌」を発表（その後の「都市詠について」や「家族詠について」などの発表が評論集のテーマにつながる）。

平成三年（一九九一）　47歳

三月十八日、中野サンプラザにて『ロビンソンの羊』出版記念会開催。

平成四年（一九九二）　48歳

現代歌人協会会員となる。九月、『（同時代）としての女性短歌』（河出書房新社）に参加。十一月、「昭和十九年の会」の合同歌集『再びモンキートレインに乗って』に参加。「角川短歌年鑑」に「今年の歌集」執筆。

平成五年（一九九三）　49歳

四月、第一評論集『渾身の花—稲葉京子ノート』（砂子屋書房）刊。翌年、茨城県土浦市で「稲葉京子の歌」について語る。五月、返還前の香港にゆく。七月、『戦後歌人名鑑・増補改訂版』（短歌新聞社）に執筆、収録。九月、韓国訪問。

平成六年（一九九四）　50歳

四月、NHK学園短歌講座添削講師となる（のちに専任講師となり現在に至る）。角川『現代秀歌選集』に執筆。九月、第二評論集『同世代女性—歌のエコロジー』（角川書店）刊、佐波洋子と共著。米東海岸を巡る。

平成七年（一九九五）　51歳

五月二十五日より六月一日まで、第三回「日本現代歌人友好訪中団」（石黒清介・高瀬一誌・大滝貞一・三井ゆき・沢口芙美ほか）に参加。北京・武漢・西安・上海を訪問する。八月、第三歌集『オルガノン』（雁書館）刊。

平成八年（一九九六）　52歳

三月、対訳日中合同歌集『短歌交流』に参加。九月、東欧を巡る。十一月、第三評論集『河野裕子の歌—現代歌人の世界9—』（雁書館）刊。

平成九年（一九九七）　53歳

九月、夫心臓バイパス手術。十二月、米に滞在。

平成十年（一九九八）　54歳

五月、『戦後短歌結社史・増補改訂版』（短歌新聞社）に執筆。「雁」作品季評を一年間担当。九月、マレー半島を巡る。

平成十一年（一九九九）　55歳

三月、沖縄訪問。五月、北京訪問。九月、『現代詩歌集・女性作家シリーズ24』（角川書店）に参加。十二月二十二日、父急逝（八十五歳）。

平成十二年（二〇〇〇）　56歳

六月、『現代短歌大事典』（三省堂）に執筆収録。トルコを巡る。七月、現代歌人協会と西洋美術館の共同企画『西美をうたう』に参加。

平成十三年（二〇〇一）　57歳
七月、第四歌集『ガリバーの庭』（北冬舎）刊。九月、豪州を巡る。十月から四カ月、「短歌研究」短歌時評担当。十一月、「NHK歌壇」に生方たつゑの評伝を書く。

平成十四年（二〇〇二）　58歳
一月、「中部短歌会」選者となる。四月、カルチャーセンター武蔵境に短歌講座開講。七月十四日、テレビ「NHK歌壇」に春日井建のゲストとして出演。十月、「短歌研究年鑑」の「総合誌特集展望」を担当。十一月、『ガリバーの庭』にて日本歌人クラブ東京ブロック優良歌集受賞。

平成十五年（二〇〇三）　59歳
二月、英仏を巡る。八月、第四評論集『都市詠の百年―街川の向こう』（短歌研究社）刊。九月、現代歌人協会理事を委託される（十七年まで）。「角川短歌年鑑」の作品点描担当。

平成十六年（二〇〇四）　60歳
四月、NHK学園国内スクーリングで「牧水、白秋ゆかりの地を巡る旅」の講師として多摩川流域をめぐる。五月二十二日、春日井建逝去（六十五歳）。六月、「中部短歌会」編集委員となる。八月、「角川短歌年鑑」グラビアの「春日井建の歌二十四首」を選歌。十一月、九州久留米市の国民文化祭、短歌部門選者。「昭和十九年の会」の合同歌集『モンキートレインに乗って60』（ながらみ書房）に参加。十二月、春日井建の足跡を訪ねイタリアを巡り、リド島にゆく。日本文藝家協会会員となる。

平成十七年（二〇〇五）　61歳
五月、米西海岸を巡る。七月、『大正昭和の歌集』（短歌新聞社）に第一歌集収録。総合誌「歌壇」読者歌壇担当。十一月、「短歌往来」に西村陽吉をたずねて」を執筆。この頃、千葉県八千代市で「春日井建の歌」を語る。

平成十九年（二〇〇七）　63歳
三月、「NHK歌壇」に新・歌人群像木下利玄を執筆。四月、読売文化センター荻窪にて短歌講座を開講する。十二月、エジプトを巡る。

平成二十年（二〇〇八）　64歳

三月、インターネットによる短歌講座「スローネット短歌」を担当（二十三年まで）。四月、ＮＨＫ学園新宿オープンスクール短歌講座を開講。九月、「角川短歌年鑑」作品点描担当。十二月、現代短歌文庫73『古谷智子歌集』（砂子屋書房）刊。「ＮＨＫ短歌」に自選五十首執筆。

平成二十一年（二〇〇九）　65歳

一月、ＮＨＫ全国短歌大会ジュニア部門選者（二十二年まで）。十一月、『現代の歌人１４０』（新書館）に収録される。七月、四万十川の黒潮町短歌大会にて「家族の歌」について講演。

平成二十三年（二〇一一）　67歳

六月、ＮＨＫ学園国内スクーリングで「近代歌人のふるさと・与謝野晶子」の旅の講師として堺、京都を訪ねる。七月―九月、「角川短歌」公募短歌館担当。九月、第五歌集『草苑』（角川短歌創刊50周年記念企画シリーズ）刊。ロシアを巡る。十月―十一月、「ＮＨＫ短歌」に「近代歌人の面影・山川登美子」を連載。

平成二十四年（二〇一二）　68歳

六月、ＮＨＫ学園「和倉温泉短歌大会」で能登半島にゆく。羽咋市の折口春洋生家と父子墓を訪ねて、春洋の姪に会い感銘を受ける。「短歌往来」に「家族と革新―晶子と伊作をめぐって」を執筆。九月、「角川短歌年鑑」作品点描を担当。第六歌集『立夏』（砂子屋書房）刊。

本書は昭和六十年ながらみ書房より刊行されました

歌集 神の痛みの神学のオブリガート
〈第1歌集文庫〉

平成25年5月22日　初版発行

著　者　古　谷　智　子
発行人　道　具　武　志
印　刷　㈱キャップス
発行所　**現代短歌社**

〒113-0033 東京都文京区本郷1-35-26
振替口座　00160-5-290969
電　　話　03（5804）7100

定価700円（本体667円＋税）
ISBN978-4-906846-66-5 C0192 ¥667E